Tahar Ben Jelloun

LA REMONTÉE DES CENDRES

suivi de

NON IDENTIFIÉS

POÈMES

version arabe de Kadhim Jihad

Éditions du Seuil

TEXTE INTÉGRAL

ISBN 978-2-7578-2513-6

Le texte arabe a été composé par Arab Consultants à Paris

Impression : Normandie Roto Impression S.A.S à Lonrai
Dépôt légal : mai 2011. n° 105700-3 (123948)
Imprimé en France

LA REMONTÉE DES CENDRES

DU MÊME AUTEUR

Œuvre poétique

Les amandiers sont morts de leurs blessures
prix de l'Amitié franco-arabe
Maspero, « Voix », 1976
et « Points », n° P543

La Mémoire future
Anthologie de la nouvelle poésie du Maroc
Maspero, « Voix », 1976

À l'insu du souvenir
Maspero, « Voix », 1980

Poésie complète
Seuil, 1995

Les Pierres du temps
et autres poèmes
« Points Poésie », n° P1709, 2007

Préface

Officiellement la guerre du Golfe est terminée. Le Koweït n'est plus occupé. L'Irak est en grande partie détruit. Et les morts sont enterrés. Pas tous. Les Occidentaux ont compté leurs morts et les ont rapatriés. En partant, ils ont laissé derrière eux des milliers de victimes. On ne saura peut-être jamais combien les tonnes de bombes larguées sur l'Irak ont tué de personnes, civiles et militaires. Ce sont ces corps anonymes, ces corps calcinés et dont on a vu brièvement des images à la télévision, à qui ce texte voudrait rendre hommage. Il voudrait leur donner des noms et les inscrire sur une stèle pour le souvenir. Sans haine. Avec dignité. Jetés dans la fosse commune, ils feraient une sorte de visage anonyme qui contiendrait et rappellerait tous les absents.

Il fallait laver les mots, arracher l'herbe rouge qui scintille. Il fallait ciseler les images dans une mémoire récente et en même temps très vieille. Elles sont souvent nues et ont subi plusieurs déplacements. Elles ont voyagé, traversé les siècles et continuent de chercher asile entre l'émotion et la pudeur.

Chaque guerre laisse derrière elle des restes. Celle du Golfe en a laissé beaucoup. Et le monde, la conscience du monde ont déjà les yeux posés ailleurs. C'est une question de routine. Le monde des puissants – les États-Unis d'Amérique et leurs alliés – a pris l'habitude de se laver les mains et de rassurer sa conscience après avoir provoqué morts et destructions. Il rejoint en toute sérénité la logique du fossoyeur après avoir proclamé « la logique de guerre ».

Une fois qu'on a tiré une couverture de sable et de cendre sur des milliers de corps anonymes, on cultive l'oubli.

Alors la poésie se soulève. Par nécessité. Elle se fait parole urgente dans le désordre où la dignité de l'être est piétinée.

Mais les mots restent pâles quand la blessure est profonde, quand le chaos programmé est brutal et irréversible. Contre cela les mots. Et qu'y peuvent-ils?

Entre le silence meurtri et le balbutiement désespéré, la poésie s'entête à dire. Le poète crie ou murmure; il sait que se taire pourrait ressembler à un délit, un crime.

Il est une douleur millénaire qui rend notre souffle dérisoire. Le poète est celui qui risque les mots. Il les dépose pour pouvoir respirer. Cela ne rend pas ses nuits plus paisibles.

Nommer la blessure, redonner un nom au visage annulé par la flamme, dire, faire et défaire les rives du silence, voilà ce que lui dicte sa conscience. Il doit cerner l'impuissance de la parole face à l'extrême brutalité de l'histoire, face à la détresse de ceux qui n'ont plus rien, pas même la raison pour survivre et oublier.

Demain, des hommes, galons sur l'épaule, médailles sur la poitrine, un béret de général ou de maréchal, se réuniront devant une carte. Calmement, froidement, ils décideront d'avancer leurs troupes ici ou là, envahissant un pays, massacrant des civils en leur sommeil, puis cela se passera en toute impunité, puisque ceux à l'origine du malheur se réuniront de nouveau face à la même carte pour cesser ce qu'ils appellent « les hostilités ». Et le monde continuera de respirer comme il le fait depuis des millions d'années.

Qui parlera pour les ensevelis, les écorchés, les pendus, les jetés dans les fosses communes ?

Les militaires en feront un paquet ficelé, abstrait, sur lequel ils inscriront le mot « Martyrs ». Et puis on oubliera. Forcément.

La poésie se contentera d'être là, pour être dite comme une prière, dans le silence, dans le recueillement du deuil.

Incommensurable est notre besoin de dire, même si nos paroles, emportées par le vent, iront buter contre les montagnes jusqu'à la perte du sens, jusqu'à faire des trous dans la roche et faire bouger les pierres lourdes de l'insomnie.

Juin 1991.

La remontée des cendres

Azzawi 91

Ce corps qui fut un corps ne flânera plus le long
du Tigre ou de l'Euphrate
ramassé par une pelle qui ne se souviendra d'aucune douleur
mis dans un sac en plastique noir
ce corps qui fut une âme, un nom et un visage
retourne à la terre des sables
détritus et absence.

Cette terre avide d'eau n'a eu que du sang pour
irriguer le grand silence
ce désert affligé a ouvert les tranchées du sommeil
et les hommes s'y sont engouffrés par milliers en
un éclair
la peau déchirée
une bougie allumée veillait à l'intérieur de la cage
thoracique défunte.
Un peu du ciel habitait ces corps voués à l'oubli.

Une couverture de sable a été déposée sur ces sacs noirs par une main en métal.
Plus rien ne bouge. Pas même les souvenirs ardents des premières amours.
Ni l'oiseau inconnu venu du jour lointain pour la prière des morts. Il est noir et immobile, les yeux brûlés, éternel.

Ce corps qui fut une parole ne regardera plus la mer en pensant à Homère.
Il ne s'est pas éteint. Il a été touché par un éclat du ciel brisant la parole et le souffle.
Ces cristaux mêlés au sable sont les derniers mots prononcés par ces hommes sans armes.

Visages noircis par un feu qui ne tremble point.
Page d'une vie calcinée comme un secret illisible.
Le regard, lentement arraché du visage : c'est une mince feuille de papier belle et résistante, troublante et légère ; un voile entre la vie et notre mort ; un silence qui retient quelques grains de sable.

Les visages lavés par le même feu bref et précis ne sont plus des visages.
L'épure d'un souvenir de visage est enseveli dans les mêmes sacs noirs.

Le désordre et la défaite ont mêlé les jours et les regards.

Ce corps qui fut un rire
brûle à présent.
Cendres emportées par le vent jusqu'au fleuve
et l'eau les reçoit comme les restes de larmes heureuses.
Cendres d'une mémoire où perle une petite vie
bien simple, une vie sans histoire, avec un jardin,
une fontaine et quelques livres.
Cendres d'un corps échappé à la fosse commune
offertes à la tempête des sables.

Quand le vent se lèvera, ces cendres iront se poser sur les yeux des vivants.
Ceux-ci n'en sauront rien
ils marcheront triomphants avec un peu de mort sur le visage.

Innombrables sont les signes se vidant de leur eau
dans le tumulte de l'extrême
là, au bord d'un cimetière mouvant.

Dans ce pays les morts voyagent
comme les statues et les flammes
Ils portent des lunettes
et tendent les bras roussis pour s'envoler.
On dit qu'ils sont devenus invisibles
et s'en vont offrir aux vivants les années qui leur restaient à vivre.
Ainsi, que d'ans jonchent le désert : un siècle et plus.
Des vies à prendre comme des chacals empaillés
des vies qui tremblent pour dire :
« La mort n'est pas fatale comme la nuit est l'ombre du soleil. »

Ce corps qui fut un rêve est une maison dévastée.
Il n'y a ni porte ni fenêtre
juste un matelas lacéré, une casserole, un pain rassis, un manteau accroché, des murs éventrés, de la poussière grise et un calendrier de l'année dernière.
Les yeux sont des trous où logent des mouches
la bouche est une déchirure
et la peau ne se souvient de rien.

Des invités sont arrivés en disant : « La guerre n'est pas une excuse! »
Mais la maison n'est plus une demeure

c'est l'absence et le silence.
Sur un pan de mur
le portrait du dictateur est intact
les mouches y déposent leurs chiures.

Les arbres calcinés
tiennent debout.
Quand le vent les secoue, il tombe des oiseaux desséchés.
Aucune main d'enfant ne les ramasse.
Couverts de poussière, ils roulent avec les ronces.

C'est cela le désert
Une douleur ramenée en ville
ou dans un village de la montagne.
Il vient de ce territoire une pluie ocre et un vent
qui apporte de mauvaises nouvelles :
« Ahmed fils d'Ali a donné son âme à la patrie.
Martyr, son corps ne peut être rendu. Il nourrit la
terre... »

Celui qui erre aujourd'hui dans le sommeil des autres
n'est pas un martyr.
C'est un arbre de cendre

un vaisseau sans armure
une statue aveugle.

Une voix monte d'un puits sec
elle vient d'un siècle très ancien
quand Babylone était une prière.
A l'époque le monde ne pouvait mourir
les enfants disaient : « Le monde est souffrant mais
il ne va pas mourir! »

Il est une beauté dissoute dans la pierre
une ville
un squelette de ville
assis dans un fauteuil
hospice où viennent dormir les cadavres de paille.

Bagdad n'a plus de ventre
elle a ouvert ses veines
pour un peuple qui a faim.
Sur le front le portrait du fossoyeur est indemne.

De ce ciel si blanc
tombe un masque funèbre,
une voix :

C'est de notre destin qu'il s'agit même si nous
désirons rester anonymes.
Mais la terre nous tire; elle nous avale puis nous
rend à l'eau saumâtre du fleuve.
Nous flottons sur le dos, le ventre enflé
nos yeux fixent le soleil
nous n'avons plus d'yeux, mais des orbites qui
gardent captives des images.

Notre peau n'est plus notre peau.
On nous l'a retirée comme une robe volée
comme un suaire prêté.

Les brûlures glissent comme le souvenir de nos
larmes
et nous restons sans miséricorde.

Est-ce un orage ou est-ce le portrait de notre défaite
se dessinant dans les nues?
Vaincus nous le sommes par nous-mêmes
et l'abîme est notre héritage.

Une autre voix :

Je ne dirai pas nous
parce que je voudrais vomir
mais je n'ai plus d'estomac
je n'ai plus de corps
je suis un sac
un sac de jute plein de terre
je suis un champ en haut d'une falaise
je suis un champ de pierres où dorment les serpents
j'ai froid dans mes membres séparés
est-ce cela l'enfer
avoir froid dans le corps fantôme?
Qui parle du fond de cette fosse?

Moi?
Je ne suis plus.

D'une autre fosse, une autre voix :

Je me suis endormi. Nu.
Mes pieds dans les brodequins du mort.
J'ai attendu la gloire
et c'est le verbe qui nous recouvrit la peau.
Le verbe
moisissure de temps immobile.

Je me suis endormi dans d'autres corps vidés de leurs entrailles
ils étaient encore tièdes
cela qui bouge n'est pas un bras
c'est un chat affamé frappé par la foudre.

Nos paroles sont tombées dans la fosse
ce ne sont plus des mots
mais sève gluante dans la boue et la honte.

On me dit : le deuil de nous-mêmes est dans le regard des enfants.
Qui leur dira l'histoire de nos défaites?
Nous croiront-ils?
Je les vois cracher sur les visages défunts
tant de verbes inutiles.
Ah le verbe, les mots, la litanie des affamés
pain amer enfoui dans la terre basse
je les vois courir ramasser nos savates
ils font un feu avec des poèmes écrits par des généraux
et incendient notre mémoire.
Ils ne crachent plus.
Ils ne parlent plus.
Ils oublient.

Image sur image
voix dans la rivière
sommeil éternel dans le lit des blessures
des papillons noirs escortent notre silence.
J'ai revu le rêve
c'est l'essentiel du temps qui nous déchire :
une maison en bois cernée de lierre aux feuilles
  luisantes.
Cette maison n'est pas de ce pays.
Depuis la guerre
elle flotte sur le fleuve
en décrépitude.
Le lierre a jauni
deuil des origines
exil des racines.
L'image est rendue à l'âme éteinte
rêve fuyant
ou est-ce moi qui me poursuis du fond de la glaise?
Je n'ai plus de pieds pour courir
et mes bras sont dans la fosse voisine.
Mes yeux sont introuvables
et mon sexe a été mangé par les oiseaux.
Qui viendra ramasser mon corps?
Qui en collera les membres et ira les déposer
offrande légère au seuil de ma maison?
Qui redonnera un nom à ma femme et un visage
  à notre passé?
Qui se souviendra des matins masqués
où un bras métallique raflait les enfants?

« C'est pour le front »
« Pour la Patrie » disait-on.
C'est une image qui tombe
foulée par les pieds nus des adolescents.
« C'est pour la Victoire », le ventre ouvert,
d'où s'échappent des moineaux meurtris.
La Mère des Victoires est un immense cimetière
sans stèles et sans prières
sans arbres et sans chats
un grand territoire où le sang des mots et des hommes
s'est mêlé aux sables.

Autre voix :

Et moi
je refuse la prière de l'absent
la gloire posthume et la rose d'argile
je ne suis ni soldat ni martyr
je suis cordonnier et j'ai oublié mon nom
je suis artisan et j'aime les chansons d'amour
j'aime le miel et l'huile d'olive
j'aime l'araq et la fleur d'oranger
je suis petit dans ma rue
je suis petit dans la vie
et là je n'ai plus de sang à verser
je n'ai plus faim ni soif

j'ai un peu froid
et je n'ai plus de larmes à retenir.

Pourquoi notre histoire est semée de défaites?
Est-ce la débâcle des paroles?
Une poussière blanche tombe sur le visage
c'est un peu du ciel qui nous ferme les yeux.

Dans leur chute
les étoiles perdent la lumière
elles s'écrasent dans ce désert sans faire de bruit.
Il est tard pour notre Destin.
Nous arrivons toujours en retard pour vivre
mais pour mourir ils disent que nous sommes prêts.
Nos enfants aussi. Légers comme des papillons ils sautent en chantant,
ils sautent sur des mines et leurs corps s'éparpillent
en fumée et en cendre.
Il pleut des cendres sur nos vies.
Quelles vies?
Un peu de soleil dans l'abîme
corps nubiles
cerfs-volants
visages blêmes et regards suspendus
dans ce bol de cendres mêlées.

Nos enfants ne sont plus des enfants.
Emportés par le vent
ils retombent en pétales obscurs sur nos mains qui
tremblent
dans un champ de pierres sans mémoire.

Nous sommes égarés.
Nous le sommes depuis longtemps.
Nos guides marchent sur nos épaules.
Ils sont toujours armés.
Ils ne savent ni chanter ni danser
mais ils écrivent des poèmes mièvres
et des discours sans lueur.
Ils crachent sur les visages anonymes
comme dans les festins des temps anciens.

Nos paroles ne traversent pas la pierre humide.
Elles retombent au fond du puits en dessinant des
cercles à l'infini.
Nos visages se défont dans l'eau lourde
et nous demeurons seuls
tête et mains contre le mur
à égrener nos rêves d'hommes libres.

Le soldat brisé par la faim
n'a plus de corps à nourrir.

Il dort à présent
le visage effacé par les flammes.
Il coule dans le fleuve comme une mémoire qui rejoint la mer.

Le soleil regarde.
Il ne quitte plus son zénith.
Son regard brûle la terre et la peau.
Aucune main n'est venue se poser sur le front de cet enfant
la brûlure ne vient pas du soleil mais du gaz.
On a couvert deux villages d'une moustiquaire de mort
enfants et bêtes figés dans leur sommeil
une mort tranquille à Halabja et à Anap en cette
brève nuit du seize mars mille neuf cent quatre-
vingt-huit.

Voile et linceul sont tombés en douceur
pour la paix éternelle.
Corps emmitouflés dans le silence
et sourires suspendus comme un rêve pris en photo.
On a coupé le souffle en saupoudrant la vie endormie.

L'homme qui s'est pris pour l'astre des cœurs « lugubrés »
est un homme qui dort et fait des rêves
aucune de ses victimes ne le rejoint dans son sommeil
fossoyeur méthodique
il agit à voix basse.

Moha descendit dans le puits, trempa ses pieds dans l'eau noire puis dit : C'est cela ma mémoire. C'est cela notre gloire. Du goudron et des clous rouillés. Des charognes et des chaussures déchiquetées. Le jour est moins sûr et la nuit tombe dans la nuit sans que la lumière écrive une parole, un chant, sans qu'elle dessine une porte, une faille dans l'acier qui nous retient captifs.
Cet instant, je l'inscris dans le Livre des hommes. Qu'ils se souviennent d'une saison tissée de cruauté et qu'ils disent aux hommes qui viendront après : ce qui est arrivé n'est jamais arrivé; l'œil qui a vu n'a rien vu; la main qui a frappé n'est qu'une bourrasque; la bouche qui a hurlé fut une erreur dans le fracas des armes englouties dans le sable. C'est du fond du puits, c'est du fond des âges que les mots arrivent. C'est de ce lieu, arrière-pays de la démence, qu'on mesure le temps. Le nôtre a l'allure d'une destinée.
Quelle destinée! Mes frères, mes tueurs!

Tous les cent ans surgit de nos marécages non un prophète, pas même un homme, mais un oiseau à tête de cheval, assez grand pour cacher le soleil, assez lourd pour perpétuer la nuit, arrachant la peau, les songes et l'espoir.
Et nous
nous sommes là
immobiles
figés par la peur et la fièvre
notre dignité ramassée dans la paume de la main
notre dignité : quelques gouttes d'une eau rare, de la rosée ou de la pluie
notre dignité lentement se couche dans le temps de l'agonie.
Ô traîtres! Mes frères endormis!
En vain s'interpose l'ennemi entre le verbe et le corps.
Nous mourons par quantité grandiose et négligeable
et personne ne se souvient du nom, de l'œil ouvert et du matin abrupt qui nous aligne dans une guerre que nous n'avons pas faite.

Qui dira aux enfants de nos enfants que l'histoire arabe n'est plus un conte oriental, une histoire d'amour et de jardin parfumé, une passion où la cruauté est un malentendu, où la mort est pudique, où la vie est un chant à quatre saisons.

Avant
il y a de cela longtemps
j'habitais dans un arbre, puis dans un cimetière.
Ma tombe était sous un chêne. Des chiens et des hommes pissaient sur ma tête. Je ne disais rien. De petites fleurs mauves, sans parfum, poussaient là.
Je n'avais rien à dire.
Aujourd'hui des pelles m'ont ramassé et jeté dans ce puits.

J'arpente l'abîme.
Je descends. Je suis suspendu.
Les cendres fument encore. Elles montent, m'enveloppent puis retombent,
poussière grise qui fait de mon corps un sablier.
Je suis friable. Je suis une vieille roche délaissée.
Je suis sable et temps.
Je suis sans visage.
Je nourris la terre et verse mes paroles dans le sang de la terre.
J'irrigue les racines d'arbre au printemps tardif.
Je compte les jours et les morts pendant que des hommes transportent leur maison sur le dos.

Une vie ramassée dans une couverture
une vie ficelée
elle ne pèse pas lourd.
La vie n'est plus la vie
pas même dans le regard d'un enfant qui croit partir en voyage.
Ah! Mes frères, mes fossoyeurs, mes déterreurs!
Ah! Mes nuits fastes où la lumière est cinglante,
que réservez-vous encore à ce siècle qui nous expulse?

Œil inversé dans une mare d'eau trouble
ce n'est pas un miroir
ni le reflet d'un souvenir
ni la rumeur d'une fête brisée
c'est une pluie de toutes les cendres
pétales d'une fleur inconnue
écailles d'un ciel sous le ciel
poudre argentée qui vacille avec l'éclair
c'est cela le visage de notre dernier visage
quand plus rien ne résiste
quand la lumière nous trahit
et nos enfants nous maudissent.

Nous aussi « notre besoin de consolation est impossible à rassasier »
et nos pieds sont fêlés comme la terre

comme le passé et les légendes des ancêtres.
Nous marchons de nuit
nos fils ficelés dans le dos
enroulés dans une veste
une mère a retiré sa robe et en a fait un linceul pour l'enfant éteint.
Nous laissons nos empreintes sur le flanc de la montagne
nous ne nous retournons pas pour les voir
nous marchons comme d'autres peuples ont pris le large
les yeux bandés par la haine.
Nous marchons et la vie s'éloigne
c'est son rire qu'on entend
quand le ciel s'ouvre
quand l'oiseau descend
quand la terre se fissure.

C'est le jour qui se retire
et nous laisse nus.
Nous marchons, les pieds drapés dans de vieux tissus.
Nos mains ne voient plus l'avenir
nos mains sont devenues inutiles
En nous le feu bute contre la pierre.

Que de peuples ont connu notre exil
avec baluchons et barbelés
ils ont vécu sur la terre des autres
ils ont prié un dieu absent
ils ont pleuré une patrie perdue
et les enfants ont craché sur les larmes.

Nous marchons
dépouillés non par vertu mais par nécessité
nos objets nous suivent et nous narguent
notre histoire est chargée
comme une vieille mule
La bête nous devance
lourde et millénaire.

Ô Gens du Bien!
Vous qui parlez de dignité et de courage
vous qui parlez comme des dictionnaires
vous qui érigez la Loi et le Droit
dites-nous si nous sommes dignes sous terre
corps et âmes confondus
sans nom
sans dates
riches de nos vertus posthumes
et des fleurs sauvages sur des tombes présumées.

Dites-nous où ranger nos livres et nos chapelets
où jeter les cailloux qui encombrent la bouche
où déposer les dernières volontés
le souffle qui s'évapore avec l'eau du fleuve immobile.

Nous avons acquitté les dettes dans l'agonie tournante
en creusant le sable avec nos têtes dures
avec nos corps implacables

venus de tous les hivers
messagers de l'effroi qui soudain nous gouverne.

Nous avons fixé le ciel
las de brûler ses astres
et déposé nos testaments dans une barque de pêcheur.

Sur la rive du fleuve des femmes voient des statues
marcher sur l'eau elles rêvent
Mais pourquoi pleurent-elles?
Est-ce la nuit qui les pousse vers les corps saignés?

Des caves sortent les ombres « faire la guerre »
disent-elles
mais les maisons s'effondrent
et les montagnes voyagent
en nous laissant.

A nous le cœur manque.
En sa jeunesse enfoui dans la roche
le jour se hisse au-delà de l'aride.
Un souffle, un seul souffle est nécessaire
pour dire
mais le portrait du fossoyeur veille.
Le « Sauveur de la Nation » n'est qu'un oiseau
funeste
il a asséché le fleuve.
A la source des eaux
aucune pierre ne porte le nom des disparus
aucun signe n'est envoyé par l'aube.
Pour un destin qui s'achève
le temps qui arrive fait halte dans les demeures
vides
le soleil passe comme une main sur les murs
efface la trace des ensevelis
sel d'une terre mal-aimée.

Ils ont compté leurs morts.
Des mains délicates

des mains gantées de blanc les ont retirés au sable
des bras robustes les ont déposés dans les cercueils.
Le deuil de rigueur les livra recouverts du drapeau
  et de la légende.
Le jour les accompagna jusqu'au cimetière.

Ils ont nommé leurs morts
corps entiers et âmes anoblies
don aux vertes prairies
pour le souvenir sous verre
et l'ombre douce
et la grâce des cieux.

Qui comptera nos morts?
tas de cendre oubliés au bord de la route
membres épars dans les carcasses abandonnées.

Qui nommera ces restes?
Nous ne sommes qu'épaves sans navire
ombres du vent sur des collines perdues
couchés sur flanc d'airain
par le signe céleste.

Ô vous, hommes puissants,
un siècle de mort vous rejoint :

cette poussière ocre à l'horizon, ce sont les Peaux-Rouges qui se lèvent.
Eux aussi marchent
pieds nus sur la terre brûlée.
Éternels.

Ce corps qui fut un corps
a sombré dans le rêve.
Il parle en fendant la terre
cherchant sa maison, sa femme et ses enfants.
Il rôde sous vos pieds à l'heure où les tambours se taisent.
C'est une voix qui n'est oublieuse de rien
elle effleure les mains innocentes
fouille dans le sommeil paisible
se dérobe sous le feu liquide des mots
et devient un visage
                    une parole
                              une vie.

L'homme se relève comme s'il avait été happé par le vide. Il secoue son manteau : une poussière argentée s'en détache; des moineaux et des bagues en tombent. Il ne les voit pas. Attache les lacets de ses chaussures. Passe la main sur le front, lisse sa moustache et cherche un chemin vers l'horizon. Il marche sans se retourner. Une lumière le guide. Une forêt le suit : des arbres sans sève, sans chair, des arbres noircis par la démence des hommes et du ciel marchent sur ses pas.

Cet homme est tous les hommes. Il a fait toutes les guerres. Il est mort plusieurs fois. Il ne cesse de renaître. Toujours le même, il croit à l'âme, à la pensée et aux choses : une prairie fleurie, un parasol pour l'amour, le rire et l'amitié, l'enfance et le courage...
Cela fait des milliers de jours et de saisons qu'il marche. On dit qu'il est atteint d'errance. On dit qu'il est fou. Sa bouche est fermée sur des siècles de mots. Ses yeux, grands et étincelants, restent ouverts. Ils voient loin, au-delà des murs et des montagnes. Au-delà de tous les silences.

Février-avril 1991

Non identifiés

1er février 1983

Est-ce une statue qui se lève dans le vent de la flamme
est-ce le ciel qui descend, robe de cendre sur l'orient de ces visages
et les mains posées dans le sommeil sur d'autres mains
œuvre immobile
morte sous les hardes de la nuit.
Une nuit et un pays sans gîte
rôdent autour de ces corps déposés sur le flanc de la colline.
Douleur
levée pierre et dalle
stèle pour un verset inutile
la ville de Saïda est dispersée dans ces yeux mangés par la terre.
Tel est l'ouvrage de la mort et du soleil :
hommes décomposés non identifiés :
le visage effacé a emporté le nom.

Sur le ventre ouvert du pays
un enfant dépose une branche cendrée
est-ce le bras ou la main qui sont calcinés?
Le corps minuscule n'est qu'un visage
une lumière brève sur les lèvres
et le poids immense des regards dévastés.

Imad Rachid Ismaën

Il venait de sortir du camp d'El Ansar
il se disait être le sel et la roche pour sa mère
la fièvre et la voix pour son peuple
l'arbre et l'oiseau pour sa fiancée
le cimetière pour les martyrs et la fête de l'été.

Il se disait palestinien
né dans un camp sous la tente
il avançait lentement face au soleil sur les pierres
de Borj El Shemali.

Imad Rachid Ismaën avait vingt-deux ans, une barbe
et une terre dont il disait être le cadastre.

On a réveillé les morts
pour leur faire la guerre
le cimetière ne regarde plus la mer
il se couvre de sacs de sable
pour veiller le sommeil des siens.

Chafica Ali Kassem

A Aïn El Helweh
elle a déposé sur la nuit un manteau de cendre
ses doigts ont éparpillé le printemps
dans les yeux de ses deux fils
nés dans la strie de la roche
morte vêtue de cette neige tardive
enveloppée d'eau sale
au moment où l'occupant commençait le nettoyage du sol.

Était-elle grande ou petite?
Aimait-elle la musique, les chants du village, la source rêvée?
Elle travaillait la laine et chantait pour ne pas oublier.

Ahmad Ali al-Sibaï

1er février 1983
Ils sont passés ici entre l'aube et le jour
le visage coulé dans le bronze
la mort était là
statue blanche debout sur l'horizon
les yeux bandés avec un vieux mouchoir.
Ils ont emmené Ahmad Ali al-Sibaï.
Le jour s'est levé dans un miroir éteint
la lampe à huile, lentement, s'est retirée.
Seul le corps d'Ahmad
frappé par un marteau
brûlé et découpé
recueillait les premières pluies de février
à Al Halaliyya.

Abd al Karim al-Safadi

22 février 1983
Sur le dos une croix à la peinture rouge
sur le regard un bandeau et des fourmis
le corps a enflé à Aïn Abi Lotf
quel âge avait Abd al Karim al-Safadi?
Qui le dira?
les pierres du camp? la rumeur du sang? le rapport de l'occupant?
ou sa petite fille qui court derrière une roue de bicyclette?
Déposé
fouillé
cet homme était né de toutes les guerres
venu de toutes les mers
sa patrie était dans la poitrine
il l'arpentait le jour et la veillait la nuit.

Samia Hussein
Yusra Akel

15 mars 1983
Elles étaient voisines dans l'abîme du temps
la mort tournait autour de cette mémoire nomade
le bras tendu
le ventre doré d'écailles
la mort
dévorée par la terre et les chiens
marchait du rivage à la colline du thym.
Samia et Yusra étaient du deuil à Tell Zaatar
veuves ardentes et orphelines
elles déposèrent les souvenirs, la nuit et les rêves
  dans une chambre vide;
elles ne dormaient plus.

Le rapport dit : « Dans la nuit du 15 mars, des hommes déclarant appartenir au Deuxième Bureau ont emmené les deux femmes palestiniennes. Une semaine après les mêmes hommes sont retournés dans l'immeuble et ont pris le frère de Samia, Mahmud, ainsi que Muhamad Saba, un parent. L'armée libanaise déclare ne pas détenir ces personnes. Tout porte à penser que ce sont les milices chrétiennes qui les ont enlevées. »

Abd al-Qader Hantach

8 avril 1983
Il avait une femme qui aimait rire trois enfants et un âne.
L'aîné était absent
on lui avait bandé les yeux et marqué son épaule d'une croix.
Hassan et Nahla veillaient
la maison le jour et l'arbre chagrin d'enfance.
Ils regardaient le ciel hôte inconvenant du malheur.
Abd al-Qader Hantach vendait du sable.
Ils le tuèrent par balles sur le littoral
et épargnèrent l'âne.
Il avait cinquante-huit ans et une immense saison apatride.

10 avril 1983

Empreinte sur le mur
la main trempée dans l'encre noire
est illisible.
La ligne de la vie ne croise plus le chemin de
l'amour.
La ligne de la chance a rencontré les sentiers de
la mort.
Les syllabes du malheur sont ouvertes
le soleil les a posées sur les visages du sommeil
à Borj El Barajneh.

Ali Saleh Saleh

29 avril 1983
Ils ont ramené son corps dans une peau de mouton
sa tête et ses pieds nus dépassaient
blancs de poussière.
Lentement ses membres se sont couchés dans le jour
le sol s'est ouvert et l'a enlacé dans une infinie étreinte.
Il avait dix-sept ans
Ali Saleh Saleh
son premier amour à Saïda
la mort nouée aux hanches de l'arbre.

Khodr Saïd Mohammed

27 avril 1983
Ce corps que les mouches déshabillent
a la main tendue vers la mer.
L'index désigne une barque de pêcheurs
sur la rive du silence.
Un soleil se lève pour le nommer :
Khodr Saïd Mohammed.

Ibrahim Khodr Najjar

14 avril 1983
Ibrahim Khodr Najjar
ne vivra plus parmi les ronces du cimetière.
Feuille dépliée dans la poussière
la tête souveraine
emportée par les flots du fleuve
son corps de petit commerçant
ne sera jamais cette mémoire périmée
au jour faste de l'oubli.

Fatima Abou Mayyala

Ils sont entrés par le toit
ils ont fermé portes et fenêtres
ils ont enfoncé une poignée de sable dans la bouche
  et narines de Fatima.
Leurs mains déchirèrent son ventre
le sang était retenu
ils urinèrent sur son visage.
Fatima prit la main de la statue
et marcha légère parmi les arbres et les enfants
  endormis.
Elle atteignit la mer
le corps dressé au-dessus de la mort.

Ibn Hassan Mokaddam

19 juillet 1983
Il disait à son père :
nous sommes nés dans l'écorce de la douleur
une cicatrice sur le front
nous sommes nés sur un rocher à l'insu du jour
nous sommes nés avec des yeux plus grands que
le visage
avec une peau plus large que le corps.
On nous a dit que la terre est en nous, dans la cage
thoracique
avec un verger et des miroirs
une source d'eau et des sacs de sable.
Il disait :
je suis un cimetière où les morts font lever le soleil
où les enfants inversent le deuil dans l'exil du
poème.

Ibn Hassan Mokaddam habitait à Ras En-Nabaa.
Il avait vingt ans.
Les balles ont traversé son corps, ses champs, ses
prairies et ses poèmes.

Une main crispée sur le vide
a abandonné son corps pour être statue sous les
  décombres.
Elle ne tient rien
mais froisse le jour et son visage
éternelle sur un amas de terre blanche.
Elle regarde la mer et se souvient :
elle a caressé une épaule nue un soir dans un café
  de la montagne;
elle a tremblé puis s'est retirée pour se poser sur
  l'autre main.
A présent, le vent la recouvre d'une poussière venue
  de loin, peut-être du Yémen;
il dépose entre ses doigts un peu de sel
et quelques feuilles d'un arbre blessé.

Que ne donnerait-il ce visage déjà enfoui dans la terre pour qu'un souvenir tremble dans un miroir lointain
pour qu'une main familière lui lave la poitrine, là où le sang s'est caillé sur le sable.
Que ne donnerait-il pour que le regard se penche jusqu'à entendre des mots simples murmurés par la femme aimée au moment où les enfants font semblant de dormir.
Lentement son corps s'est vidé
sang mêlé au flux de la mémoire
là sur ce sable blanc.
Le souvenir est une patrie
un pays avec le jour, la lumière du jour, le drapeau et le cimetière.
Que ne donnerait-il pour nous dire l'ennemi enfin
pas seulement son visage, ses mains et son arme
mais aussi sa langue, son dialecte et l'accent de la mort
frère ou cousin.
De l'autre côté est sa maison.

Ainsi est notre histoire
plus étrange que l'aube dans le désert
aussi cruelle que le crime
commis par la lumière dans un miroir.

Il marchait en sautillant comme un moineau
sur la pointe des pieds comme un danseur maladroit
il ne voulait pas faire mal à la terre qui se dérobait.
La mer le narguait
comme la nuit le livrant à la cendre
poussière d'une demeure qui fut.
Il savait le chemin et la patience
le paradoxe et la mort
l'odeur étrange des souvenirs usés
le goût inutile de l'errance.
Il se laissait porter par le vent
statue de l'oubli
présage aveugle d'une lumière déchirant la nuit.
Dans ses poches il y avait un peu de terre et beaucoup de clés.
Il parlait de maisons qu'il érigeait dans le sommeil
et disait à celui qui passait par le port :
« J'ignore si au moment de ma mort il se trouvera
deux mètres carrés de terre où je serai toléré. »

Nawâl Abû Surayya

24 novembre 1988
Offertes
les lèvres humides du deuil
d'une terre un peu grasse
éparpillant le temps dans le sommeil des roches
érigeant ville sur ville
faisant de la parole des ancêtres
une rue transversale
dans le sable irrigué par du sang.
Une balle a suffi
pierres et failles à Gaza
à la sortie du camp d'Al Shâtî.
Elle avait quarante ans
et allait chercher de l'eau.

Iyâd Râdi Janajarâ

20 décembre 1988
A Naplouse
après les blessures
la mort s'est glissée dans la douceur des mots
et le ciel a dépêché une prière
calme et sereine.
Elle s'est posée, précise, sur un corps fondu dans l'argile.
Il avait vingt et un ans
et venait de Tallûzâ.

Oum Saad

C'est l'histoire d'Oum Saad, mère et épouse d'une terre plus proche du cœur que du visage. Une terre, c'est-à-dire quelques oliviers, des pierres, un peu de cendre, des voisins, une rue latérale, un nom de rue, un numéro peint à la main au-dessus de la porte. Une terre, une adresse sans nom de martyr, une terrasse, une lune pleine pour l'éclairer, une naissance, un cri de joie, une dispute familiale, un rire et quelques larmes de bonheur.
Oum Saad croyait à l'éternité des choses et ne connaissait rien de la paix. Le feu et les armes; la haine et la fureur.
Elle perdit son mari, sa maison et le rire.
Elle entassa sur un chariot ses enfants, un matelas, des casseroles, une valise, un panier d'olives, de l'huile et du pain; elle suivit les autres le long de la route. Elle portait dans ses bras le plus jeune de ses fils. Elle ne pleurait pas; elle lui parlait.
La nuit, longue et nue, le visage tiré par l'orage, creusé par le silence; la nuit, tantôt un rocher, tantôt un rideau ne cessait de tomber sur cette

femme qui avait vieilli en un jour et qui marchait sans se retourner. Ses pas effaçaient le chemin. Derrière, il n'y avait plus de pays mais un ciel chargé de corps étourdis.
Oum Saad a marché longtemps. De sa bouche tombèrent des mots et des oiseaux, un arbre secret et un village de hautes pierres. Ce n'était pas un cimetière mais un verger où des enfants tendaient des embuscades aux statues.
La nuit a fermé sa robe sur le deuil : le jour voyageait avec l'impatience de l'adolescence; il s'est arrêté aux pieds d'Oum Saad dans le port de Tripoli en ce mardi de décembre, le vingt de ce mois, en mille neuf cent quatre-vingt-trois.
Assise dans un coin sur un baluchon, le visage face au mur, le dos à la mer, un fils est mort, un autre vient de s'embarquer dans un bateau tout blanc, l'*Odyssée Elitis,* elle agite la main comme pour saluer la pierre.
Le port est dépeuplé. Ni marins ni soldats. Juste la nuit, toute la nuit et Oum Saad, immobile, la tête contre un pan de mur, la tête traversée par le vol de petites hirondelles, Oum Saad, en avance sur les souvenirs, est là, jour éternel, silence ramassé pour une nouvelle saison où aucune rivière ne saurait ramener le verger et les hommes à la terre rongée par le trachome du souvenir.

1.
Les jours éteints sont faits de silence :
l'ombre muette d'un regard déterrant la pierre se
pose ;
elle s'étale et retient la main lourde de l'hiver.
Sur cette table : une saison, une forêt et le village
qui descend vers la rivière.

2.
Le corps est suspendu
car le mur blanc est un ciel peint
l'ombre est dans une vieille gabardine.
L'homme repose à la limite de l'abîme
les mots le bousculent et défont le miroir :
c'est le temps des solitudes qui tombe.

3.
Une plante odorante et sauvage pousse là-bas
entre la stèle et le souvenir

dire le jour du funambule aux pieds légers
dire l'amour aux bras immenses que tend l'arbre au ciel
dire la neige qui ferme les paupières de ce corps oublié
face à la lumière nue
immobile.

4.
Est-ce l'arbre ou l'infamie des longues insomnies
qui se penche pour épeler les déchirures du temps ?
Une parole chute lentement dans une tombe où s'accumulent les matins de crépuscule.
Ce corps éternel
est une rive qui avance : la mer est là, à ses pieds.

5.
Quand un homme se souvient
les yeux se ferment pour suivre le sable des mots.
Sur le front
des siècles sont dispersés par la lumière pressée de laver le ciel et de retourner dans une cascade d'eau.

6.
Ni le citronnier, ni l'absinthe, ni la nuit, mais l'absence :

une robe mouillée posée sur un banc de pierres blanches;
c'est la mémoire des mains séparées de la terre et du visage :
et la terre est un visage
et l'arbre est une voix
et le manteau un ciel lavé de ses nues.

7.
Une statue faite de mots a mis du bleu sur un carré
de ciel vêtu de blanc.
Les hommes ne parlent plus.
Ils regardent le soleil s'éloigner.
Le jour, comme l'enfant, repose sur leurs épaules.
Le silence puis le rire.
Leur patrie n'a pas de rides
elle a un front immense où courent les gamins pieds nus.
La lune déploie ses rêves transparents.
Aujourd'hui aucune balle n'a atteint ces corps dansants.

8.
Quelle trace d'absence dans les gestes de ces mains
qui ont remué les pierres à l'entrée du cimetière!
Elles ont dispersé des syllabes et des ruisseaux, des

chants et des chiffres, des nuages et des regards.
Obstinée,
la lueur descend l'escalier du temps.
Et à chaque corps, elle donne le pain et le nom.

N.B. : La Revue d'études palestiniennes *publie depuis dix ans une chronologie de résistance et de répression dans les territoires occupés. C'est dans ce catalogue du malheur quotidien que ces quelques visages ont été nommés.*

Azzawi 91

صاعداً الرّماد

الطاهر بن جلّون

صاعِداً الرّماد

يليه :

مجهولو الهويّة

شعر

ترجمه عن الفرنسيّة :

كاظم جهاد

دار النشر سوي

تـوطـئـة

يمكن القول أنّ حرب الخليج ، من وجهة النظر الرسميّة ، قد وضعت أوزارها . الكويت ما عادت محتلّة . والعراق في جانبه الاعظم مهدّم . والموتى دُفنوا . ليس جميعاً . فالغربيون أحصوا موتاهم وأعادوهم الى بلدانهم . ولدى مغادرتهم ، خلّفوا وراءهم الآلاف من الضحايا . ربّما لن نعرف أبداً كم من المدنيين والعسكريين أهلكتهم أطنانُ القنابل الملقاة على العراق . لهذه الأجساد المجهولة ، الأجساد المتفحّمة ، التي رأينا صورها الخاطفة على شاشات التلفزيون ، يُريد هذا النصّ تقديم تحية إجلال . يودّ لو استطاع أن يهبَهم أسماءاً يخطّها على شاهدة من أجل الذكرى . بلا حقد . بل بإباء . إنّها ، وهي المرميّة في حُفَرٍ جماعية ، لأشبَهُ ما تكون بوجهٍ مشتركٍ يضمّ جميع الغائبين وبِهم يُذكّر .

كان ينبغي تنقية الكلمات ، واقتلاع العشب الأحمر البرّاق . كان ينبغي نقش الكلمات في ذاكرة طازجةٍ وفي الأوان ذاته بالغة القِدَم . صورٌ في الغالب عاريةٌ ، ولطالما شَهدت الترحيل . صورٌ

سافرتْ ، واجتازت القرونَ وما برحتْ تبحثُ لها عن ملاذٍ بين الرّصانةِ والانفعال .

كلّ حربٍ تخلّف وراءها بقايا . حرب الخليج خلّفت منها الكثير . والعالم ، وضمير العالم ، يديران الآن أنظارهما الى أماكن أخرى . مسألة روتين . إذ لطالما اعتادَ عالم القوى الكبرى – الولايات المتحدة وحلفاؤها – أن يغسلَ يديه ويريحَ ضميره بعد التسبّب بالدمار والموت . بكامل الصفاء ، يلتحق بمنطق الدفّان ، بعدَما جهَرَ بـ «منطق الحرب» .

ما أن يفرشوا غطاءً من الرمل والرماد على آلاف الاجساد المجهولة ، حتّى يروحوا يمارسون النسيان .

آنئذٍ ، ينتفض الشعر . بِحُكم الضرورة . يصبحُ هو الكلام العاجل وسطَ الفوضى التي تُداسُ فيها كرامة الكيان .

بيدَ أنّ الكلمات تظلّ شاحبة عندما يكون الجرح عميقاً والعماءُ المنظّم فظّاً ولا يُردّ . ضدّ هذا ، الكلمات . وما الذي تقدر عليه الكلمات ؟

بين الصمتِ الممزّق واللعثمةِ اليائسة ، يُعانِدُ الشعر في أن يقول . يصرخُ الشاعر أو يهمس ؛ يعرف أنّ الصمت يمكن أن يُعادلَ جنحةً ، أو جريمة .

ثمّة ألمٌ عريقٌ يطبع نَفَسنا بالهشاشة . إنّ الشاعرَ هوَ هذا الذي

يُجازِفُ بالكلمات . يطرحها ليتمكّن من أن يتنفّس . على أنّ هذا لا يُحيل لياليه أكثر وداعة .

أن يسمّي الجرحَ ، أن يمنحَ ثانيةً الإسم للوجه الذي شطبتْهُ النارُ ، أن يقولَ ، أن ينسجَ ضفافَ الصمتِ ويحلّها ، ذلكم هو ما يُمليه على الشاعر ضميره . عليه أن يطوّق عجزَ الكلام أمام فظاظة التاريخ القصوى ، وأمامَ وحشةِ مَنْ لم يعدْ لديهم أيّ شيء ، ولا حتّى ما يدعو للمواصلة والنسيان .

غداً ، سيجتمعُ أمامَ خارطةٍ رجالٌ يحملون أشرطةً على الكتف وميداليّاتٍ على الصدر ، ويعتمرون قبّعة جنرالٍ أو ماريشال . بمنتهى البرودة والهدوء سيقرّرون الإيعاز لفصائلهم بالتقدّم هنا أو هناك ، لغزو بلادٍ ، وتقتيل المدنيين النائمين ، وسيمرّ هذا بلا أيّ عقابٍ ، ما دام هؤلاء أنفسهم ، المتسبّبون بالبلاء ، سيجتمعونَ أمام الخارطة عينِها ليوقفوا ما يسمّونه «الأعمال العدوانية» . وسَيواصل العالمُ التنفّسَ كما يفعلُ منذ ألوف السنوات .

مَنْ سَيتكلّمُ من أجل المطمورينَ ، من أجل مسلوخي الجِلد ، والمشنوقين ، والملقى بهم في الحُفَر الجماعيّة ؟
سَيصنع منهم العسكرُ حزمةً مشدودةً ومجرّدةً ، يخطّونَ عليها كلمة : «شهداء» . ثمّ سيُنسون . بالضرورة .

يكتفي الشعر بالحضور . ليُردّدَ كمثْل صلاةٍ في الصمتِ ، وفي خشوع الحِداد .

لا حدودَ لحاجتنا للكلام ، حتّى إذا كانت كلماتُنا ، التي تجرفُها الريح ، ستَروحُ ترتطمُ بالجبال الى حدٍّ أنْ تفقدَ معناها ، حتّى تثقبَ الصخرَ وتُحرّكَ أحجارَ الأرقِ الثقيلة .

صاعداً الرّماد

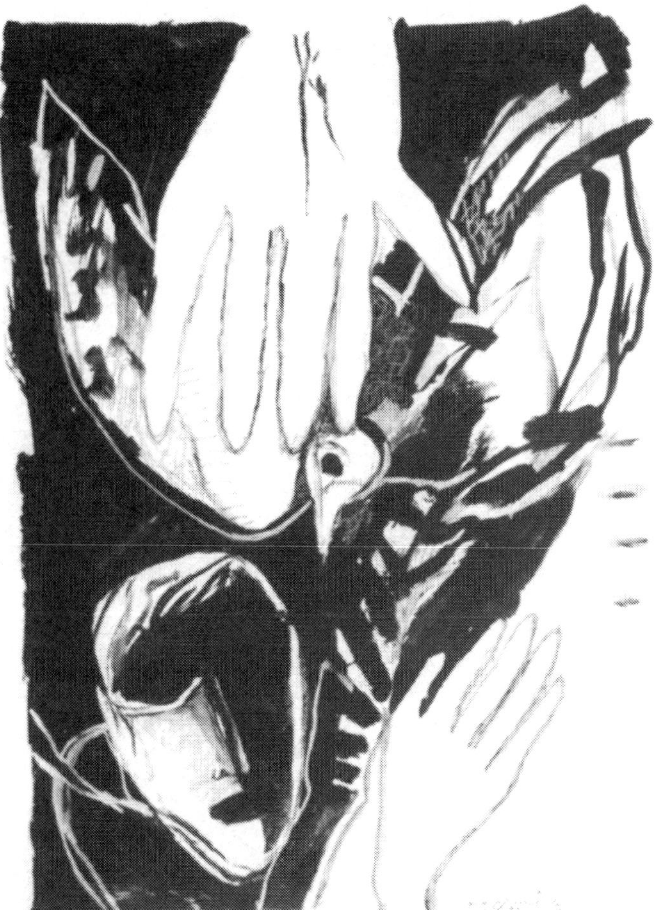

هذا الجسدُ الذي كانَ جسداً لن يَتنزّهَ بعدَ اليومِ بمحاذاة دجلةَ أو الفرات
إلتقطَهُ رفشٌ لن يتذكّرَ أيَّ ألم
وَوُضِعَ في كيسٍ من البلاستيك الاسود
هذا الجسدُ الذي كانَ روحاً ، اسماً ، ووجهاً
يعود الى التربةِ الرمليّة.
حطامٌ وغياب .

هذه الأرض العطشى للماء لم تَنَلْ سوى الدم لسُقيا الصَّمتِ الكبير
هذه الصحراء المفجوعةُ فتحت متاريسَ النوم
فَغطسَ الرجالُ فيها ألوفاً في ومضةٍ واحدة
ممزّقي الجلد
معَ شمعةٍ موقَدةٍ تسهر داخلَ الصدر المتوفّى .
بعضُ سماءٍ تسكنُ هذه الأجساد المنذورةَ للنسيان .

غطاءٌ من الرّملِ طرحتْهُ على هذه الأكياس السّودِ يدٌ معدنيّة
لا شيء يتحرّكُ . ولا حتّى الذكَرُ اللّاهبةُ لأوّلِ حُبّ .
ولا الطائِرُ المجهولُ الآتي من النّهارِ القصيِّ لصلاةِ الموتى .
أسودْ هوَ وثابتٌ ، محروقُ العَينينِ ، أزليّ .

هذا الجسدُ الذي كانَ كلاماً لن يتطلّعَ بعدُ الى البحرِ مفكّراً بهوميروس .
إنّهُ لم ينطفيء . بلْ أصابتْهُ شظيّةٌ من السماءِ حطّمتِ النّفَسَ والكلام .
هذهِ الكِسَرُ المُدافةُ بالرملِ هي آخِرُ ما نطقَ بهِ هؤلاءِ الرجالُ بلا سلاح .

وجوهٌ سوّدتْها نارٌ ليسَ تعرفُ الارتجاف .
صفحةُ حياةٍ متفحّمةٍ كَسِرٍ لا يُقرأ .
النظرةُ ، المُنتَزَعةُ ببطءٍ من الوجهِ : ورقةٌ هيّنةٌ ، جميلةٌ وصامدةٌ ، مخيفةٌ وخفيفةٌ ، حجابٌ بينَ موتنا والحياة ؛ سكونٌ يتشبّثُ ببعضِ حبّاتِ رمل .

الأوجهُ المغسولةُ بالنارِ الموجزَةِ والمشخّصةِ نفسها لم تعدْ أوجهاً .
رسمُ ذكرى وجهٍ الآن مَدفونٌ في الأكياسِ السودِ ذاتها
الفوضى والهزيمةُ مزَجتَا الأيّامَ والنّظرات .

هذا الجسدُ الذي كانَ ضحِكاً
يحترقُ الآن .
رمادٌ حملتْهُ الريحُ حتّى النهر
والماءُ يتلقّاهُ كبُقيا دمعٍ سعيد .
أرمدةُ ذاكرةٍ تتلألأ فيها حياةٌ بالغةُ البساطةِ ، حياةٌ بلا أحداثٍ ، معَ جُنَينةٍ
وفسقيّةٍ ، وبضعة كتُب .
أرمدةُ جسدٍ أفلتَ من الحفرةِ الجماعيّة
مهداة لعاصفة الرّمال .

عندما تهبّ الريحُ ، ستَروحُ هذه الارمدةُ لتنطرحَ على أعينِ الاحياء
ولنْ يعرفَ هؤلاء عنها شيئاً
إنّهم سيَسيرونَ منتصرينَ وعلى وجوههم ثمّةَ شيءٌ من الموت .

ليسَ تُحصى العلاماتُ الفارغةُ من مائها
في صخَبِ القصيّ
هناكَ ، في تخوم مقبرةٍ سائرة .

في هذه البلادِ الموتى يُسافرون
كالتماثيل أو الشُّعَل
يحملونَ نظّارات
ويمدّونَ أذرعتهم الشائطة ليُحلّقوا
يُقالُ أصبَحوا غيرَ مرئيّين
وأنّهم يمضونَ ليُهدوا الاحياءَ ما تبقّى لهم من سنوات .
هكذا ، كم من الأعوام تزخرُ بها الصحراءُ : قرنٌ وأكثر .
أعمارٌ لتؤخذَ كبناتِ آوى مصبّرة
أعمارٌ ترتجفُ لتقول
«ليسَ الموتُ محتّماً كما الليلُ هوَ ظلُّ الشمس»

هذا الجسدُ الذي كانَ حلماً هوَ منزلٌ معصوفٌ به
ليسَ من بابٍ ولا نافذة
لا شيءَ سوى فراشٍ مهترىءٍ ، قِدْرٍ ، خبزٍ يابسٍ وعباءةٍ معلّقة

حيطانٍ مبقورةٍ ، غبارٍ أزرقَ وروزنامةٍ للعام الماضي
العينانِ ثقبانَ مأهولانِ بالذباب
الفمُ جُرح
والجِلدُ ما عادَ يتذكّرُ أيَّ شيء .

جاءَ مدعوّونَ قائلينَ : «ليستِ الحربُ عذراً !»
ولكنّ البيتَ ما عادَ مَقاماً
إنّهُ الغيابُ والصّمت
على مزْقة من الجِدار
بورتريتُ الدكتاتور لم يُمسّ
يذرقُ الذُّبابُ فوقه .

الأشجارُ المتفحّمة
واقفةً ماتزال .
عندَما تهزّها الريحُ يسقطُ منها طيورٌ مجفّفة .
لا تلتقطها يدُ أيّ طفل .
مغطّاةً بالترابِ ، تتدحرجُ والشوك .

هذِه هيَ الصحراء
عذابٌ يُعادُ إلى المدينة
أوِ إلى قريةٍ جبليّة
من هذا المجالِ يأتي مطرٌ أمغرُ وريحٌ تحمل
أخباراً رديئة :
«أحمد عليّ ، وهبَ روحَهُ للوطن . شهيدٌ ، فلا يمكن ردّ جثمانه . إنّه يغذّي الارض ...»

هذا الذي يَهيمُ الآن في رقاد الآخرين
ليسَ شهيداً
إنّهُ شجرةُ رماد
مركبٌ بلا قلوع
نُصْبٌ أعمى .

صوتٌ يصّاعدُ من بئرٍ نشفتْ
يأتي من عصرٍ جدّ بعيد
عندمَا كانتْ بابلُ صلاة
آنذاكَ لم يكن العالمُ ليموت
كانَ الاطفالُ يقولونَ : العالمُ مريضٌ ، ولكنّهُ لن يموت !

ثمّة جَمالٌ في الصخرِ مُذاب
مدينة
هيكلُ مدينة
جالسٌ في كرسيّ
مأوى تأتي للرقادِ فيهِ أجداثٌ من القشّ .

لمْ يعُدْ لبغدادَ من بطن
لقد فتحتْ عروقَها
لشعبٍ جائع
وفي الجبهةِ بورتريتُ الدفّانِ سالِم .

من هذهِ السماءِ البالغةِ البياض
يسقطُ قناعٌ جنائزيّ
صوت :
إنه مصيرُنا ، وإنْ نشأ البقاءَ مجهولين .
ولكنّ الارضَ تجرّنا ، تبتلعنا ، ثمّ تُعيدنا
الى الماء الأجاجِ في النهر .
نطفو على الظّهرِ ، منفوخيْ البطون
أعيُننا تُحدّقُ بالشمس

لم تعدْ لدينا من أعينٍ ، وإنّما محاجرُ تأسرُ الصُّوَر
جِلدُنا لم يَعُدْ جلدَنا
نَزَعوهُ عنّا كرداءٍ مسروق
كَكَفنٍ مُعار

تنزلقُ الحروقُ كذكرى دموعِنا
وبلا رحمةِ أحدٍ نظلّ .

هل هيَ العاصفةُ أمِ صورةٌ لهزيمتنا ترتسمُ في الغمام ؟
مهزومونَ نحنُ على أيدينا
إرثُنا الهاوية .

صوتٌ آخر :

لن أقولَ نَحن
لأنّني راغبٌ بأن أتقيّأ
لكنْ لمْ تعدْ لديَّ معدة ،
لمْ يعدْ لديَّ جسدَ
أنا كيس
كيسُ قُنّبٍ محشوٌّ بالتراب

أنا حقلٌ في أعلى شاطيء صخر
أنا حقلٌ من الصخرِ تنامُ فيه الثعابين
أشعرُ بالبردِ في أعضائيَ المُفرّقة
هل هذا هوَ الجحيم ؟
أنْ تشعرَ بالبردِ في الجسدِ الشبحيّ ؟
مَنْ ، مِنْ غورِ هذه الحفرةِ ، يتكلّم ؟

أنا ؟
إنّني لم أعُدْ .

من حفرةٍ أخرى ، صوتٌ آخر :

عارياً نمتُ
في مَداسَي الموتِ قَدَماي .
المجدَ انتظرتُ
والكلامُ هوَ ماغطّى منّا الجِلد .
الكلام
عَفنُ زمنٍ مُسَمَّر .

نمتُ في أجسادٍ أخرى مفرغةٍ من أحشائها
كانتْ ما تزالُ دافئة
هذا الذي يتحرّكُ ليسَ ذراعاً
بلْ قطّةٌ تلفحُها الصاعقةُ ، مُجَوَّعة .

في الحُفرةِ سقطَ كلامُنا
إنّهُ لم يعُدْ كلمات
بل نسْغاً لزِقاً في الوحلِ والعار .

يُقالُ لي : حِدادُنا على أنفسنا في نظراتِ الصّغار
مَنْ سَيقولُ لهمْ تاريخَ هزائمنا ؟
أسَيُصدّقونَنا ؟
إنّي أراهمْ يبصقونَ على الأوجهِ المُتوفّاة
كلّ هذا الكلام غير المُجدي
آهِ ، الكلامُ ، الكلماتُ ، تسبيحةُ المُجوّعين
خبزٌ مطمورٌ في الأرضِ الواطئة
أراهمْ يجْرونَ ليلتقطوا أحذيتنا
يوقدونَ النارَ بِقصائدَ كتَبَها جنرالات
ويحرقونَ ذاكرتَنا

ماعادوا يبصقون .
ماعادوا يتكلّمون .
إنّهم يمارسون النسيان .

صورةٌ على صورة
أصواتٌ في النهر
نومُ أهلِ العدلِ في فراشٍ من جراح
فراشاتٌ سوداءُ ترافقُ صمتَنا
رأيتُ ثانيةً الحُلم
إنّهُ أساسيّ الزمنِ الذي يُمزّقنا :
منزِلٌ من الخشبِ محاطٌ باللبلابِ الألقِ الأوراق
ليسَ هذا المنزلُ من هذهِ البلاد
بل منذُ الحرب
وهوَ يطفو على النهر
في انحلال
إصفرّ اللبلاب
حداداً على الاصول
منفى للجذور
الصورةُ مُعادةٌ للروح الخامدة
أحلمٌ هارب

أم هوَ أنا أطارِدُني في غور الصلصال ؟
لم يعدْ لديّ ساقانِ للركض
ذراعايَ في الحفرةِ المُجاوِرةِ
وعلى العثورِ تتعذّر عيناي
وعضويَ الذَكريُّ أكلَهُ الطير
مَنْ يأتي لالتقاطِ جسَدي ؟
مَنْ يَصِلُ أعضاءهُ ويذهبُ ليطرَحها
بعضَ قربانٍ في عتبةِ منزلي ؟
مَنْ يَهَبُ زوجتي اسماً وماضينا وجهاً ؟
مَنْ سَيتذكّرُ الأصباحَ المُحجّبة
حيثُ كانتْ ذراعٌ حديديةٌ تعصفُ بالصغار ؟
«كلُّ هذا من أجلِ الجبهة»
«مِن أجلِ الوطنِ» يقولون
هيَ صورةٌ تتهافت
تسحقها أقدامُ الصبْية الحافية
«من أجلِ النصرِ» البطنُ المبقورة ،
التي تهربُ منها طيورٌ مغتالة .
«أمُّ الانتصارات» جبّانةٌ شاسعة
بلا شواهِدَ ولا صلَوات
بلا أشجارٍ ولا قطط

مجالٌ شاسعٌ اختلطَ فيهِ دمُ الرجال والكلمات
بالرّمال .

صوتٌ آخر :

وأنا
إنّني لأرفضُ صلاةَ الغائب
النصرَ بعدَ الموتِ والوردةَ الطينيّة
لستُ جنديّاً ولا شهيداً
أنا إسكافيٌّ ونسيتُ اسمي
أنا حِرَفيٌّ وأحبّ الأغانيَ العاطفيّة
أحبُّ العسلَ وزيتَ الزيتون
أحبّ العَرَق وماءَ الزّهر
أنا صغيرٌ في شارعي
وصغيرٌ في الحياة
وهُنا لم يعدْ لديَّ دمٌ لأريقه
لم أعدْ جائعاً ولستُ بظاميء
أشعرُ فحسبُ بقليلٍ من البرد
وما عادَ لديَّ دمعٌ لأحبسَه .

لِمَ تاريخُنا زاخرٌ بالهزائم ؟
أهيَ هزيمةُ الكلام ؟
غبارٌ أبيضُ يتَداعى على الوجه
قطعةٌ من السماءِ تُغمِضُ أعيُنَنا .

فيما تَخرّ
تتجرّدُ الأنجُمُ من الضوء
وتنسَحِقُ في هذهِ الصحراء بلا دويّ
من أجلِ مصيرِنا فاتَ الاوان
دائماً نصلُ متأخّرينَ عن الحياة
لكنْ للموتِ يقولونَ أنّنا ناضجون .
صغارُنا كذلك . خفيفينَ كالفراشاتِ يَثِبونَ مُغنّين
يَثبونَ فوقَ الألغامِ فتتبعثرُ أجسادهم دخاناً
وأرمدة .
إنّهُ مطرُ رمادٍ فوقَ حياتنا .
أيّةُ حياة ؟
بعضُ شمسٍ في الهاوية
أجسادٌ للعُرس متأهّبة
صحونٌ طائرة
وجوهٌ كابيةٌ ونظراتٌ معلّقة
في هذا الأصيصِ من أرمدةٍ مخلوطة .

لمْ يعدْ أطفالنا أطفالا
إنّهم تحملهم الرّيح
فَيَتساقطونَ تويجاتٍ مظلمةً في أيدينا التي ترتعش
في مُخيَّم صخرٍ بلا ذاكرة .

إنّنا لتائهون .
تائهونَ منذُ زمنٍ بعيد .
يسيرُ أدلّاؤنا على أذرعِنا
همُ دائماً مسلّحون
ليسَ يعرفونَ غناءاً ولا رقصاً
ولكنّهم يكتبونَ قصائدَ غثّة
وخُطباً بلا التماع
يبصقونَ على الوجوهِ الغُفْل
كما في ولائم الزمنِ الخالي .
كلامُنا لا يخترقُ الصخورَ الرّطبة
بل يسقطُ في غورِ البئر راسماً دوائرَ بلا انهاء
تنحلُّ وجوهنا في الماء الباهض
وَنَظلّ وحيدين
الرأسُ واليَدانِ بإزاء الحائط
نُسبّحُ بأحلام حريّتنا .

الجنديُّ الذي أتلفَهُ الجوع
لمْ يعدْ لديهِ جسدٌ ليُطعمَه
هوَ الآنَ راقِد
وجههُ ممحوٌّ بالنيران
يغرقُ في النهرِ كذاكرةٍ تلحقُ بالبحر .

الشمسُ تنظُر .
سَمْتُها لمْ تعدْ تُغادِرُه .
تُحرِقُ نظرتها الأرضَ والجِلْد
لا يدَ جاءتْ لتنطرحَ على جبينِ هذا الطفل
ليست الشمسُ منبعَ الحُروقِ بل الغازات
غطّوا قَريتين بكلّة الموت
الصغارُ والحيواناتُ مسمّرونَ في رقادهم
موتٌ هادىءٌ في حلبجة وعنّاب في تلكَ الليلةِ الوجيزةِ من ١٦ مارس
ألف وتسعمائةٍ وثمانيةٍ وثمانين

الحجابُ والكفنُ سَقطا الهويدى
من أجل السلام الازليّ

أجسادٌ مقمّطةٌ في السّكون
وابتسامات معلّقةٌ كحلمٍ في صورة
راشيّنَ الحياةَ الغافيةَ قطعوا الأنفاس

ذلكَ الذي حسبَ نفسَهُ كوكبَ القلوبَ المفجوعة
هو رجلٌ ينامُ ويحلم
ولا واحدةَ من ضحاياهُ لتلحقَ بهِ في الحُلم
دفّانٌ منتظم
متكتّمَ الصوتِ يعمل .

نزلَ موحا الى البئرِ ، بلّلَ قدميهِ بالماء وشرعَ يقولُ : هيَ ذي ذاكرتي . مجدُنا هوَ هذا . قطرانُ ومساميرُ صدئة . جَيفٌ وأحذيةٌ ممزّقة . النهارُ أقلُّ أماناً والليلُ يحلُّ في الليلِ من دونِ أن يكتبَ النورُ أيّ كلامٍ ، أو غناءٍ ، ومن دونِ أن يرسمَ باباً ، أو صدعاً في الفولاذِ الذي يُمسِكُ بنا في أساره .

هذهِ اللحظةُ أسجّلُها في سِفرِ البشرِ . حتّى يتذكروا فصلاً من الفظاظة منسوجاً ويقولوا لمن سيأتونَ بعدَنا أنَّ ما حدث أبداً لم يحدثْ ؛ العينُ التي رأتْ لَم تَرَ أيّ شيءٍ ، اليدُ التي ضربتْ ليستْ بأكثرَ من عاصفةٍ ؛ الفمُ الذي أعولَ إنّما كانَ خطأً في قعقعة السلاح المدفون في الرّمال .

من قاع البئر ، من غورِ العصورِ ، تأتي الكلمات .

من هذا المكانِ ، البلادِ الورائيةِ للجنونِ ، نحسبُ الوقتَ . لوقتِنا نحنُ ملمحُ مصير .

أيّ مصيرٍ ! ياأخوتي ، ياقاتليّ !

في كلّ مائة عامٍ يطلعُ من مستنقعاتنا لا نبيٌّ ، ولا حتّى إنسانٌ ، بل طائرٌ برأسِ حصانٍ ، من الضخامةِ بحيثُ يحجبُ الشمسَ ، ومن الثِّقَلِ بحيثُ يديمُ الليلَ ، سالخاً الجِلدَ والأحلامَ والأمل .

ونحنُ
نحنُ هنا
مسمّرون
يُجمّدنا الخوفُ والبُرَحاء
كرامتنُا ملمومةٌ في راحةِ يَد
كرامتُنا : بضعُ قطراتٍ من ماءٍ نادرٍ ، من الندى أو من المطر
كرامتُنا تَستلقي بطيئاً في زمن الاحتضار .
آه يا خَوَنةُ ! إخوَتي النائمينَ !
عبثاً يقفُ العدوّ بينَ الكلمةِ والجسَد .
سَنموتُ في أعدادٍ هائلةٍ مُهمَلة
ولا أحدَ يتذكّرُ الإسمَ ، والعينَ المفتوحةَ والصباحَ المُباغِت
الذي يصفّنا في حربٍ لم نصنعْها .

مَنْ سَيُنبيءُ أبناءَ أبنائنا أنّ التاريخَ العربيّ لمْ يعُدْ حكايةً شرقيةً ، حكايةَ عشقٍ ورياضٍ عاطرةٍ ، هوى تكون الفظاظةُ فيهِ سوءَ تفاهمٍ ، والموتُ حييّاً ، والحياةُ غناءاً لفصولٍ أربع

قبلُ
منذُ زمنٍ بعيد
كنتُ أسكنُ شجرةً ، ثمّ مقبرة . كانَ قبري أسفلَ سنديانة . كانتِ الكلابُ والناسُ تبولُ على رأسي . ما كنت لأفوهَ بشيء . كانتْ أزهارٌ خبّاريّةُ اللونِ صغيرةٌ وبلا أريجٍ تنمو هناك . لم يكن لديّ ما أقول .
اليومَ جرفتْني رفوشٌ ورمتْ بي في هذهِ البئر .

أذرُعُ الهاوية
أنزلُ . إنّني معلّق .
الأرمدةُ ما تزالُ تُدخّن . تَصّاعدُ ، تغطّيني ، ثمّ تتداعى هباءاً رماديّاً يصنعُ من جسدي ساعة رمل .
إنّني لَعَطوب . صخرةٌ عتيقةٌ مُهمَلة .
أنا رملٌ ووقت .
أنا بلا وجه .

أنا أغذّي التربةَ وأسكبُ كلماتي في دم الأرض .
أسقي جذورَ الأشجارِ في الربيع المتأخّر .
أحسبُ الايّامَ والموتى فيما يحملُ الرّجالُ منزلَهم على الظهر .

حياةٌ ملمومةٌ في غطاء
سماءٌ محزومة
لا تُثقِل .
لم تعدِ الحياةُ هيَ الحياة
ولا حتّى في نظرةِ طفلٍ يحسبُ أنّهُ في سفَر .
آهٍ ! يا إخوتي ، يا دفّانيّ ، يا نابِشيّ !
آهِ ! يا لياليّ الشاسعة العامي نورُها ،
ما الذي تدّخرينَ بعدُ لهذا القرنِ الذي يلفظنا ؟

عينٌ مقلوبةٌ في مستنقعٍ ماؤهُ عكِر
ليست مرآة
ولا هيَ انعكاسُ ذكرى
ولا صخبُ عيدٍ مكسور
إنّها مطرٌ من الأرمدةِ كلّها
تويجاتُ وردةٍ مجهولة

قشورُ سماءٍ تحتَ السماء
ذرورٌ مفضّضٌ يترنّحُ معَ البرق
هُوَذا وجهُ آخِرٍ وجوهنا
عندَما لا شيءَ يصمد
عندما يخوننا النور
وأبناؤنا يلعنوننا .

نحنُ أيضاً «لا تُشبَعُ حاجتُنا للتعزية»
وأقدامنا مُشقّقة كالتُربة
كالماضي وأساطيرِ الأجداد .
في الليلِ نَسير
أطفالُنا محزومونَ على الظهور
في سترةٍ ملفوفون
نزعتْ أمٌّ رداءها وصنعتْ منهُ كفناً للطفلِ الهالك .
نتركُ آثارَنا في كشحِ الجبل
ولا نلتفتُ لنراها
نسيرُ كما أبحرتْ شعوبٌ أخرى
الأعينُ يعصبُها الحِقد
نسيرُ والحياةُ تنأى
ضحكُها هوَ ما نسمع

عندَما تنفتحُ السماء
عندَما يحطّ الطائر
عندَما تتشقّقُ الأرض .

النهارُ هوَ الذي يَنسحب
ويتركنا عُراة .
نسيرُ ، الأقدامُ مغطّاةٌ بعَتيقِ القماش
أيدينا لم تعدْ لترى المستقبل
أيدينا لم تعدْ مُجدِية
والنارُ فينا ترتطمُ بالصخر .

كمْ من الشعوبِ عرفتْ منفانا
معَ الأسلاكِ الشائكة والصُّرّر
إنّها عاشتْ في أرضِ الآخرين
وابتهلتْ لإلهٍ غائب
إنّها بكيتْ وطناً مضاعاً
والأطفالُ بصقوا على الدمع .

نحنُ نسير
مجرّدينَ لا عن فضيلةٍ لكنْ لضرورة
أشياؤنا تَتبعنا وتُناكِدُنا
تاريخنا مُحمَّل
كبغلٍ هرِم
الدابّةُ تتقدّمنا
ثقيلةً وألفيّة .

أيّها الأخيار !
أنتمْ يامَنْ تتكلّمونَ عن الكرامةِ وعن الشجاعة
أنتم يا من تتكلّمون كالمعاجِم
أنتمْ يا مَنْ تُعلونَ القانونَ والحقّ
قولوا لنا إنْ كنّا عزيزينَ تحتَ التُربة
الأرواحُ مخلوطةٌ والأجساد
بلا اسم
ولاتاريخ
أثرياءَ بفضائلنا بعدِ – الموتيّة
وبالأزهارِ الوحشيّةِ فوقَ قبورنا المفترَضة .

قولوا لنا أينَ نضعُ كتُبَنا ومَسابِحَنا
أينَ نرمي الحصباءَ المُثقلةَ على الفم

أينَ نُعرِبُ عن آخر رغائبنا
النَّفَس الذي يتبخّرُ مع ماءِ النهرِ الثابت .

في الإحتضارِ الدوّارِ سدّدنا الدّين
حافِرينَ الرّملَ برؤوسنا الصلبة
بأجسادِنا الصارمة
الآتية من جميع الشتاءات
رُسُلاً للذعرِ الذي يستبدُّ فجأةً بِنا .

أنعمنا النظرَ الى السّماء
المتعبةِ من حَرْقِ كواكبِها
وأودَعنا وصيّتنا في قاربِ صيّاد ..

على شاطيء النّهر ترى النساءُ تماثيلَ تمشي على الماء
إنّهنَ يحلمْن
لكِنْ لمَ يبكين ؟
أهوَ الليلُ صوبَ الأجسادِ النازفة يدفعهنّ ؟

من الأقبيةِ تخرجُ الظلالُ «لتخوضَ الحربَ» يقلنَ هنّ
ولكنّ البيوتَ تنهار

والجبال تُسافر
وتهجرنا .
إنطفأتْ فينا كلُّ رغبة .
في شبابهِ المطمورِ تحتَ الصخر .
يرتفعُ النهارُ أبعدَ من المحْل
نَفَسٌ ، إنّ نَفَساً لَيَكفي
لنقول
ولكنّ بورتريتَ الدفّانِ ساهر
ليس «مُنقذُ الأمّةِ» سوى طائرِ شؤم
إنّهُ نشّفَ النهر .
في نبعِ الماء
لا حجارةَ تحملُ أسماءَ المفقودين
ومن السّحَرِ لا إشارة .
من أجلِ مصيرٍ مختوم
يتوقّفُ الزمنُ الآتي في المنازلِ الفارغة
الشمسُ تمرُّ كَيَدٍ فوقَ الحيطان
وتمسحُ آثارَ مَنْ دُفِنوا
مِلحاً لأرضٍ لمْ تُحَبّ .

لقد أحصوا موتاهم .

أيدٍ رهيفة
أيدٍ بقفّازاتٍ بيضاءَ سحبتْهم من الرمل
وأذرعٌ قويةٌ طرحتْهم في التوابيت
أسلَمهم الحِدادُ الواجبُ ملفوفينَ بالعلَم وبالأسطورة
وحتّى المقبرةِ رافَقَهم النهار .
لقد سَمّوا موتاهم
أجساداً كاملةً وأرواحاً مشرَّفة
عطيّةً للمروجِ الخُضر
من أجلِ الذكرى المؤطّرة
والظلّ العذب
وبَركةِ السموات .

مَنْ سيُحصي موتانا ؟
كومةُ رمادٍ منسيّةً في قارعةِ الطريق
وأعضاءٌ مبعثرةٌ في الهياكِل المهجورة .

مَنْ سَيُسمّي هذه الرّفات ؟
نحنُ لسنْا سوى حطامٍ بلا مركب
ظلال الريحِ فوقَ تلالٍ في تيه
نتمدّدُ على خواصرَ من البرونز

بإرادةٍ من الاشارة السماوية .
آه ، يا أصحابَ القوّة
إن قرناً من الموتى يلحقكم :
هذا الغبارُ الأمغرُ في الأفقِ هنودٌ حمرٌ يَنهضون
وهم أيضاً يمشون
بأقدامٍ عاريةٍ على الأرض اللاّهبة .
أزليّين .

هذا الجسدُ الذي كانَ جسداً
غاصَ في الحُلم .
يتكلّمُ شاقّاً الصخر
باحثاً عن بيتهِ ، امرأته وأطفاله .
يحومُ تحتَ أقدامكم ساعة تَصمتُ الطبول
هوَ صوتٌ لا ينسى أيّ شيء
إنّهُ يُلامسُ الأيدي البريئة
يُنقّبُ في النومِ الوادِع
ينزلقُ تحتَ النارِ السائلةِ للكلمات
ويصبحُ وجها
كلاماً
وحياة

ينهضُ الرّجلُ كما لو رَشَفَهُ الفراغ . يهزّ عباءتهُ فينبعثُ منها غبارٌ مفضّضٌ ؛ ويسقطُ طيورٌ وخواتيم . لا يَراها . يشدّ رباطَ حذاءَيه . يُمرّر يده على جبينه ، يُمسّد شاربيه ويُيمّمُ وجههُ شطرَ الأفق . يسيرُ لا يلتفت . يقودهُ نور . تتبعهُ غابةٌ : أشجارٌ بل نسغٍ ، ولا جسدٍ ، أشجارٌ سوّدها جنونُ البشرِ والسماءِ ، تَقتفي خطواته .

هذا الرّجلُ هوَ جميعُ الرّجال . خاضَ جميعَ الحروب . مراراً مات . لا يتوقّفُ عنَ الإنبعاث . دائماً نفسه ، يؤمنُ بالروح ، بالفكر ، وبالأشياء : مرجٌ مزهِرٌ ، مظلّةٌ من أجلِ الحبّ ، الضحكِ والصداقةِ ، الطفولة والعزم ...

آلاف الفصولِ والأيّام ، وهوَ يَسير . مُصابٌ بالتيه ، يقولون . مجنونٌ ، يقولون . فوهُ مُطْبقٌ على قرونٍ من الكلمات . عيناهُ الواسعتانِ ، البرّاقتانِ ، تظلّانِ مشرَعتين . تَريانِ إلى بعيدٍ ، في ماوراءَ الجدرانِ والجبال . في ماوراء كلِّ صمت .

مجهولو الهويّة

الأوّل من شباط ١٩٨٣

أهوَ نصبٌ يشهقُ وسطَ الريحِ الملتهبة
أم السماءُ تهبطُ ثوباً من الرمادِ على شرقِ هذه الوجوه
وعلى الأيدي المطروحةِ في النوم على أيدٍ أخرى
أثرٌ مسمّر
ميتٌ تحتَ أسمالِ الليل
ليلٌ وبلادٌ مشرّدان
يحومان حولَ هذه الاجسادِ المرميّةِ عندَ خاصرةِ التلّ
ألمٌ
مرفوعٌ حجراً وشاهدة
مسلّةٌ من أجلِ آيةٍ لا تصِل ،
و «صيدا» المنثورةُ في هذه الأعينِ المتأكلّةِ بالتراب
كذلكَ هوَ عملُ الموتِ والشمس
رجالٌ يتعفّنونَ مجهولي الهويّة
الوجهُ الممحوُّ حمَلَ معهُ الإسم .

على البطنِ الفاغرةِ لهذهِ البلاد
يطرحُ طفلٌ غصُناً مرمّداً
هل هوَ الذراعُ أم اليدُ المتفحِّمان ؟
ليسَ الجسدُ الضئيلُ سوى وجه
نورٍ موجزٍ على الشفاه
والثِّقلِ الهائلِ للنظراتِ المخرَّبة

عماد رشيد إسماعين *

كانَ خرجَ للتوّ من معسكر «أنصار»
كانَ يقولُ أنّهُ لأمّهِ الصخرةُ والملح
لشعبهِ الحُميّا والصوت
لخطيبتهِ الشجرةُ والطائر
للشهداءِ المقبرةُ ومن الصيفِ العيد .

كانَ يقولُ أنّهُ فلسطينيّ
ولدَ في مخيّمٍ ، تحتَ خيمة
كانَ سائراً الهوينى في وجهِ الشمس على أحجارِ البُرجِ الشماليّ

كانَ عماد رشيد اسماعين في الثانية والعشرين ، وكانَ لهُ لحيةٌ وأرضٌ
يقولُ أنّهُ سجلّها المساحيّ .

* وردَ الاسم «اسماعين» كما يُنطَق في العامية أحياناً ، وحافظ عليه الشاعر كما هو .

أيقَظوا الموتى
ليشنّوا الحربَ عليهم
لم تَعُد المقبرةُ تنظرُ للبحر
بل تتغَطّى بأكياسٍ رمل
لتسهرَ على رقادِ ساكنيها .

شفيقة علي قاسم

في «عين الحلوة»
ألقتْ على الظلام عباءةً من الرماد
ونَثرتِ الربيعَ أصابعُها
في عينَي طفليها
المولودينِ في حزٍّ صخرة
وماتتْ يوشّحها هذا الربيعُ المتأخّر
ويجلّلها ماءٌ قذر
لحظةَ بدأ المحتلُّ يُطهّرُ الأرض

أكانتْ طفلةً أم فتاة
أكانتْ تُحبّ الموسيقى وأغاني القريةِ والنبعَ الذي طالما حلمتْ به ؟
كانتْ تغزلُ الصوفَ وتغنّي لتتفادى النسيان .

أحمد علي السباعيّ

الأول من شباط ١٩٨٣

مرّوا ها هنا بينَ الفجر والنهار
بأوجهٍ صُبّتْ في النحاس
الموتُ كانَ هنا ،
تمثالا أبيضَ في الأُفق ،
إقتادوا أحمد علي السباعي
معصوبَ العينينِ بمنديلٍ عتيق .
في مرآةٍ كامدةٍ طلعَ الصبح
وببطءٍ انسحبَ قنديلُ الزيت .
وحدَهُ جسدُ أحمد
الذي ضُربَ بمطرقة
والذي قُطِّعَ وأحرِق
كانَ يستقبلُ أولى أمطار شباط
في «الهلاليّة» .

عبد الكريم الصفدي

٢٢ شباط ١٩٨٣

على ظهرهِ صليبٌ بطلاءٍ أحمر
وحولَ نظرتهِ عصابةٌ وسربُ نِمال
جسمهُ انتفخَ في «عين أبي اللطف»
ما كانَ عُمرُ عبد الكريم الصفدي ؟
مَن سيُعلِمنا ؟
حجارةُ المخيّم ؟ وشيشُ الدم ؟ أم تقريرُ المحتلّ ؟
أم ابنتهُ الصغيرة ، الراكضةُ وراءَ عجلة درّاجة ؟
هذا الرجلُ الممدّد
المفتّشُ الجسم
وُلِدَ في جميع الحروب
جاءَ من جميع البحار
كانَ يحملُ وطنَهُ في صدرِهِ ،
يذرعهُ في النّهار ويسهرُ عليهِ في الليل .

سامية حسين
يسرى عقل

١٥ آذار ١٩٨٣
كانَتا جارَتينِ في هاويةِ الزمن
الموتُ كانَ يحومُ حولَ هذه الذاكرةِ الرحّالة
مبسوطَ الذراع
مُذهّبَ البطنِ بالصَّدَف
الموت
مفترَساً من لدنِ الأرضِ والكلاب
كانَ يسيرُ بين تلّ الزعتر والشاطيء
كانتْ ساميةُ ويُسرى في تلّ الزعتر في حِداد
أرملتينِ لاهبتينِ يَتيمَتين
طرَحتا الذكريات والليلَ والأحلام في حجرةٍ فارغة
وما عادَتا تَنامان .

يقولُ التقريرُ : «في ليلة ١٥ آذار ، اقتادَ المرأتين الفلسطينيتين رجالٌ يصرّحون بالانتماء للمكتب الثاني . بعدَ أسبوعٍ ، عادَ

الرجال أنفسهم الى المبنى واقتادوا شقيق سامية ، محمود ، ومعه أحد أقربائه محمود سابا . صرّحَ الجيش اللبنانّي بأنّ هؤلاء الأشخاص ليسوا موقوفين عنده . جميع الدلائل تشيرُ الى أنّ الميليشيا المسيحية هي التي اختطفتهم» .

عبد القادر حنتاش

٨ نيسان ١٩٨٣

كانَ لهُ امرأةٌ تهوى الضحكَ ، وثلاثةُ أبناءٍ وحِمار .
كانَ ولدُهما البِكرُ غائباً
جاؤوا وعَصبوا عينَيه ورَسَموا على كتفهِ صليباً .
وكانَ حسنُ ونهلةُ يَحرسان
البيتَ والنهارَ وشجرةَ الطفولة التّاعسة
ويتطلعانِ الى السماءِ ضيفِ البؤسِ ، الثقيل .
كانَ عبد القادر حنتاش يبيع الرمل
برصاصهم قتلوهُ عندَ الشاطيء
ووفّروا الحمار .
كانَ لهُ ثمانٍ وخمسون سنةً وموسمٌ طويلٌ بلا وطن .

١٠ نيسان ١٩٨٣

اليدُ المغمّسة بأسودِ الحِبر
والمختومةُ على الجدار
ماعادتْ مقروءة
ماعادَ خطُّ الحياةِ يتقاطعُ فيها وخطّ الحبّ
خطُّ الحظّ لاقى طرُقَ الموت
إِفتُتِحَتْ مقاطعُ الشقاء
الشمسُ ألقتْها على وجوهِ النيام
في «بُرج البراجنة» .

علي صالح صالح

٢٩ نيسان ١٩٨٣

أعادوا جثّتهُ في فروةِ خروف
متدليَ الرأسِ والقدمَينِ الحافيتَين
وكلّهُ قد ابيضّ من الغبار
في النهارِ تمدّدتْ أعضاؤهُ باتّئاد
الأرضُ انشقّت وحضنتهُ في عناقٍ طويل
كانَ في السابعة عشرة
علي صالح صالح
عشقهُ الاوّل في صيدا :
الموتُ الملتفُّ حولَ وركَي شجرة .

خضر سعيد محمّد

٢٧ نيسان ١٩٨٣

هذا الجسدُ الذي يكشفُ عنهُ الآنَ التُراب
والممتدّةُ يدهُ ناحيةَ البحر
والمشيرُ بإبهامهِ الى قاربِ صيّادين
عندَ ضفةِ السكون
تبزغُ شمسٌ لتسمّيه :
خضر سعيد محمّد .

ابراهيم خضر نجّار

١٤ نيسان ١٩٨٣

إبراهيم خضر نجّار
لن يعيشَ بعدَ الآنِ بينَ شوكِ المقابر
ورقةً مفتوحةً في الغبار
رأسُهُ السيّد
جرفتْهُ أمواجُ النهر
جَسدُهُ ، هوَ التاجرُ الصغّير
أبداً لن يُصبحَ هذه الذكرى البالية
في نهار النسيانِ الباذخ .

فاطمة أبو ميّالة

من السقفِ دخلوا
أغلقوا النوافذَ والأبواب
حشوا فمَ فاطمة ومنخريها بحفنةِ رمل
مزّقت أيديهم بطنَها
صمدَ الدم
بالوا على محيّاها .
أمسكتْ فاطمةُ بيدِ التمثال
ومشتْ خفيفةً بين الأشجارِ والأطفال الراقدين
أدركتِ البحر
وجسدُها شامخٌ أعلى من الموت .

ابن حسن مقدّم

١٩ تمّوز ١٩٨٣
كانَ يقولُ لأبيه :
وُلدنا ياأبتِ في قشرةِ الألم
معَ ندوبٍ على الجبين
وُلدنا على صخرةٍ ، خفْيةً عن النهار
وُلدنا بأعينٍ أوسعَ من الوجه
وجِلدٍ أكبرَ من الجسد
قيلَ لنا إنّ الارضَ كامنةٌ فينا ، في الصدر
معَ بستانٍ ومرايا
ونبعٍ وأكياسِ رمل .
كان يقول :
أنا مقبرةٌ يصنعُ موتاها شروقَ الشمس
ويقلبُ أطفالُها الحِدادَ في منفى القصيدة .
كان ابن حسن مقدّم مقيماً في «رأس النبعة» .
في العشرين
اخترقَ الرصاصُ جسدَهُ وحقولهُ ، مروجَهُ وقصائدَه .

يدٌ متشنّجةٌ فوقَ الفراغ
تهجرُ الجسدَ لتتحوّل تمثالا تحتَ الأنقاض
لا تُمسك بشيء
لكنّها تجعّد النهارَ ومحيّاها
أزليّةً ، على كومة ترابٍ أبيض
تنظرُ الى البحرِ وتتذكّر :
ذاتَ مساءٍ داعبتْ كتفاً عارياً في مقهى جبليّ ؛
إرتجفتْ ، ثمّ تراجعتْ لتنطرحَ على اليد الثانية .
الآنَ تغطّيها الريحُ بغبارٍ آتٍ من بعيدٍ ، ربّما من اليمن ؛
تضعُ بينَ أصابعها شيئاً من الملح
وأوراقَ شجرةٍ جريحة .

ماالذي لن يهَبَهُ هذا الجسدُ الغائصُ الآنَ في الترابِ حتّى تختلجَ
الذكرى في مرآةٍ بعيدة
أو تمسحَ يدٌ أليفةٌ صدرهُ حيثُما تخثّرَ الدمُ على الرمال .
ماالذي لن يهَبَ لتنحنيَ النظرةُ حتّى يسمعَ بسيطَ الكلمات
تهمسُ بها الحبيبةُ ساعةَ يتصنّعُ الصغارُ النوم .
ببطءٍ فرغَ جسدُه
دماً بسيلَ الذاكرةِ يمتزج
هنا ، على هذا الرملِ الأبيض
الذكرى وطن
بلادٌ هيَ والنهارُ ونورُهُ والمقبرةُ والعَلَم .
ماالذي لن يهَبَ حتّى يسمّيَ لنا العدوُّ أخيراً
لا وجههُ فحسبُ أو سلاحهُ أو يديه
بل لسانهُ أيضاً ، لهجتهُ ، ولكْنَةَ الموت .
إنّهُ شقيقٌ أو ابنُ عمّ
في الجهة الأخرى مسكنه .
هذهِ هيَ حكايتنا
أغربُ من الفجر في الصحراء
وأفظعُ من الجريمة
الذي يقترفها الضوءُ في مرآة .

كانَ يمشي ويتواثبُ كالدوريّ
على أطرافِ أصابعهِ كراقصٍ غشيم
كانَ لايريدُ أن يجرحَ الأرض الهاربة
البحرُ يعابثُه
كالليلِ يُسلِمهُ للرماد
ترابَ منزلٍ لم يعُد
كانَ يعرفُ الدربَ والصبر
المفارقةَ والموت
الرائحةَ الغريبةَ للذكريات المستَهلَكة
والطعمَ العبثيّ للتيه
كانَ يدَعُ الريح تحملُه
نصْباً للنسيان
نبوءةً عمياءَ لنورٍ يُمزّقُ الظلام
كانَ في جيبهِ بعضُ ترابٍ ومفاتيحُ كثيرة
كانَ يتحدّثُ عن منازلَ يبنيها في نومه
ويقولُ لمن يمرّون بالميناء :
«لا أعرفُ إن كانوا سيلقونَ ، ساعةَ أموتُ ، شبرينِ من الأرض أقبَلُ فيهما» .

نوال أبو ثريّا

٢٤ تشرين الثاني ١٩٨٨

ممدودَتين
الشفتان المبتلّتانِ بحداد
أرضٍ خصبة
في رقاد الصخر تبدّدُ الزمن
وتُعلي مدينةً تلوَ الأخرى
صانعةً من كلام الأسلاف
شارعاً مستَعرضاً
في الرّملِ المسقيّ بالدماء
طلقةٌ كانتْ كافية
حجارةٌ في غزّةَ وشُقوق
في مخرج مخيّم «الشطّي» .
كانتْ في الأربعين
وكانت ذاهبةً لتجلبَ الماء .

إياد راضي جناجرة

٢٠ كانون الاوّل ١٩٨٨

في نابلس
بعدَ الجراح
تسلّلَ الموتُ في عذوبةِ الكلمات
وبعثتِ السماءُ بصلاة
هادئةٍ وصافية
انطرحتْ ، بدقّةٍ ، على جسدٍ في الصلصالِ مُذاب .
كانَ في الواحدةِ والعشرين
آتياً من «تلّوزة» .

أمّ سعد

إنّها حكايةُ أمُّ سَعد ، أمٌ وزوجةٌ لأرضٍ هيَ أقربُ الى القلبِ منها الى الوجه . أرضٌ ، أي بضعُ أشجارِ زيتونٍ ، وحجارة ، وشيءٌ من الرمادِ ، وجيران ، وشارعٌ جانبيٌّ ، اسمُ شارعٍ ، ورقمٌ مخطوطٌ باليدِ فوقَ باب . أرضٌ ، أي عنوانٌ بلا اسم شهيدٍ ، سطيحةٌ ، وقمرٌ بدرٌ لإضاءتها ، وولادةٌ ، وزغرودةُ فرحٍ ، وشجارٌ عائليٌّ ، وضحِكٌ وبضعُ دمعاتِ سعادة .

كانت أمُّ سعد تؤمنُ بأبديّةِ الاشياء ولا تعرفُ عن السلام شيئاً . النارُ والأسلحةُ ؛ الحقدُ والذعر .

فقدتْ زوجَها ، بيتَها والضحك .

كدّستْ في عربةٍ أبناءها ، وفُرُشاً ، وقدوراً ، وحقيبة وسلّة زيتونٍ ، وشيئاً من الزيتِ والخبزِ ، وتبعتِ الآخرينَ طوالَ الدرب . حاملةً في ذراعيها أصغرَ أبنائها . لم تكن لتبكي ؛ كانتْ تُكلّمه .

الليلُ ، طويلٌ وعارٍ ، مجذوبُ الوجهِ بالعاصفةِ ، محفورٌ بالصمت . الليلُ ، الذي هوَ تارةً صخرةٌ ، وطوراً ستارٌ ، لا يفتأ يسّاقطُ على هذه المرأةِ التي شاختْ في يوم واحدٍ ، والتي كانتْ تسيرُ لاتلتفلت . خطواتُها تمحو الطريق . وراءها ، لم تعدْ من بلادٍ ، وإنّما سماءٌ زاخرة بأجسادٍ تعبى .

طويلا ، سارتْ أمُّ سعد . من فيها سقطتْ كلماتٌ وعصافيرُ ، شجرةٌ سريّةٌ وقريةٌ سامقةُ الصخور . لم تكنْ مقبرةً ، بل بستانٌ ينصبُ فيه الصغارُ فخاخاً للتماثيل .

أطبقَ الليلُ ثوبهُ على الحِداد : كانَ النهارُ يسافرُ بلهفةِ الفتوّةِ ؛ توقّفَ عندَ قَدَميّ أمّ سعد في ميناء طرابلس في هذه الثلاثاء من كانون الاوّل ، في العشرينَ منه ، في ألفٍ وتسعمائةٍ وثلاثةٍ وثمانين .

جالسة في ركنٍ ، على صرّةٍ ، وجهها مقابلَ الحائطِ ، وظهرُها للبحرِ ، أحدُ أبنائها ماتَ ، وآخرُ ركبَ في سفينةٍ بيضاء : «أوديسة أيليتيس» ؛ تُحرّكُ يدَها كما لو لتحيّة البحر .

الميناءُ فارغ . لا بحّارةٌ ولا جُنود . وحدَهُ الليلُ ، الليلُ كلّهُ ، وأمُّ سعد ، مسمّرةٌ ، تستندُ برأسها الى جدارٍ ، الرأسُ يقلبهُ طيرانُ سنونوّاتٍ صغيرة . أمُّ سعد تتقدّمُ الذكرياتِ ، إنّها هنا ، نهارٌ أبديٌّ ، صمتٌ ملمومٌ من أجلِ موسمٍ جديدٍ لن يقدرَ فيهِ أيّ نهرٍ أن يُعيدَ البستانَ والرّجالَ للأرضِ الملتهمَةِ بتراخوما الذكريات .

١

الايّامُ المطفأةُ منسوجةٌ من الصّمت :
ينطرحُ الظلُّ الأخرسُ لنظرةٍ تنبش الصخور ؛
يَنتشرُ ويُمسكُ باليدِ الثقيلةِ للشتاء .
على هذهِ الطاولةِ : موسمٌ وغابةٌ والقريةُ التي تنزلُ الى النهر .

٢

مُعلّقٌ هوَ الجسد
لأنّ الجدارَ الابيضَ سماءٌ ملوّنة

فِي سترةٍ عتيقةٍ هوَ الظلّ .
عندَ حدّ الهاويةِ ، الرَّجلُ يَستريح
الكلماتُ تدفعهُ وتَحلّ المرآة :
إنّهُ زمنُ العزلاتِ يأتي .

٣

نبتةٌ وحشيةٌ وعطِرةٌ تنمو هاهناك ،
بينَ الشاهدةِ والذكرى
أنْ نقولَ نهارَ الحاوي الرّشيقِ القَدَمين
أنْ نقولَ الحُبَّ ذا الذراعينِ الشاسعتَينِ تبسطهُما الشجرةُ الى السّماء
أنْ نقولَ الثلجَ الذي يُطبِقُ جَفنَي هذا الجسدِ المَنسيّ
قبالةَ النور العاري
المُسمّر .

٤

هلِ الشجرةُ أم عارُ الأرقِ الطويل هذا الذي يَنحني
ليتهجّى جراحَ الزمن ؟
كلامٌ يسقطُ بطيئاً في قبرٍ تتراكمُ فيهِ الصباحاتُ الغَسَقيّة .
هذا الجسدُ الأزليّ
هوَ شاطيءٌ يتقدّمُ : ها هوَ البحرُ عندَ قدَميه .

٥

عندما إنسانٌ يتذكّر
تنطبقُ العينانِ لمتابعةِ رملِ الكلمات .

على الجبين
قرونٌ تتفرّقُ بالنورِ المتعجّلِ غسلَ السّماء
والعودةَ الى حُضنِ شلّال .

٦

لا شجرةُ الليمونِ ولا الابْسنْتُ ، لا الليلُ وإنّما الغياب :
رداءٌ بليلٌ مطروحٌ على مصطبةٍ من أحجارٍ بيض ؛
ذاكرةُ الأيدي المفصولةِ عن الأرضِ والوجه :
وجهٌ هيَ الأرض
صوت هيَ الشجرة
والعباءةُ سماءٌ مُنقّاةٌ من غيومها .

٧

تمثالٌ من الكلماتِ وضعَ زرقةً في مربّعٍ من السّماءِ متّشحٍ
بالبياض .

لمْ يعُدِ الرّجالُ يتكلّمون .
يحدّقونَ بالشمسِ المبتعدة .
كالطفلِ ، يستريحُ النهارُ على أكتافهم .
الصمتُ ، ومن ثمّةَ الضحك .
لم يعدْ لوطنهم من تجاعيد
بل جبهةٌ شاسعةٌ يركضُ فيها الأطفال حفاةَ الأقدام .
القمرُ ينشرُ أحلامَهُ الشفّافة .
اليومَ لا إطلاقة أصابتِ الأجسادَ الراقصةَ هذه .

٨

يالآثارِ الغيابِ في إيماءاتِ هذهِ الأيدي التي قلبَتْ أحجارَ
مدخلِ المقبرة !

بعثرتْ مقاطعَ وأنهاراً ، أغانيَ وأرقاماً ، غيوماً ونظرات .
مُعانِداً ،
ينزلُ الوَهَجُ سلَّمَ الزّمن .
ولكلّ جسدٍ يهَبُ الخبزَ والاسم .

إشارة :

منذ عشر سنوات ، تنشر «مجلة الدراسات الفلسطينية» تقاويم للمقاومة والقمع في الأراضي المحتلّة .

من دليل الشّقاء اليوميّ هذا ، استُمدّتْ هذه الوجوه .